やなせたかし　詩とメルヘンの世界

あれはだれの歌

瑞雲舎

Mr.BŌ

ペンキ
ぬりたて

花のタネ

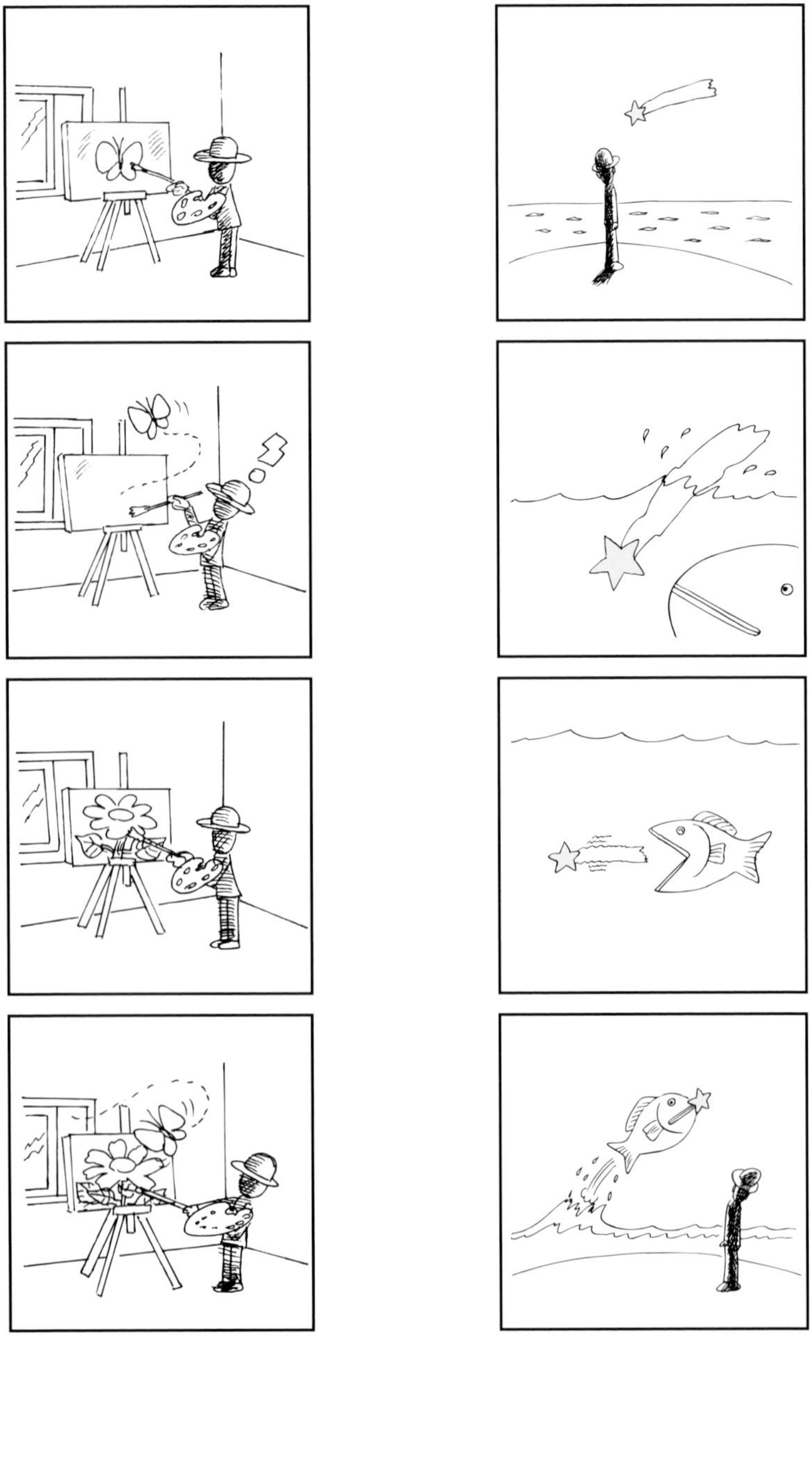

どこからきたのですか
ＭＲ・ＢＯ
どこへいくのですか
ＭＲ・ＢＯ
帽子で顔がみえませんが
恥かしいのですか
ＭＲ・ＢＯ
あなたはもしかしたら
へんな話ですが
ぼくではありませんか

生まれたときは
ひとりだったし
死ぬときも
ひとりだもの
いまひとりだって
さびしくない
いや
ちょっとさびしい
なぜだろう

はしっこのはしっこ

あおいみさきの
はしっこのはしっこ
いちばんはしっこに
いってみたい
はしっこのはしっこは
もうそこから
海ばかり
そんなはしっこのはしっこに
いってみたいな

あおいよぞらの
はしっこのはしっこ
いちばんはしっこに
いってみたい
はしっこのはしっこの
もうそこから
なにもない
そんなはしっこのはしっこに
いってみたいな

心の中のかもめ

私たちのいのちのはじまりは
海だというのは本当ですか
私たちの血の分子構造は
塩水に似ているというのは
本当ですか
だから
私たちの中に海があって
だから

私たちの血は
満潮とひき潮を
くりかえすのですね

だから
私たちの心の中の海で
かもめが鳴くのですね
私のかもめは
たった一羽
灰色に汚れて
方向音痴です

ちいさな涙

まつげの先になにかある
それは私の涙かな
おっこちそうにふるえてる
ちいさなちいさなひとしずく

わたしのほほにしみていく
ほんのちいさいこの涙

風にふかれてかわいてく
だれにも見えないひとしずく

どうしてでたのかしらないが
だれもしらない涙なら
ながれるままにしておこう
ちいさなちいさなひとしずく

悲しみは古い仲間

そこにいるのは悲しみか
霧がふかくてみえないけれど
こっちへおいで悲しみよ
ぼくに涙をわけておくれ

ひとりぼっちの悲しみよ
つらい心でうなだれてるね

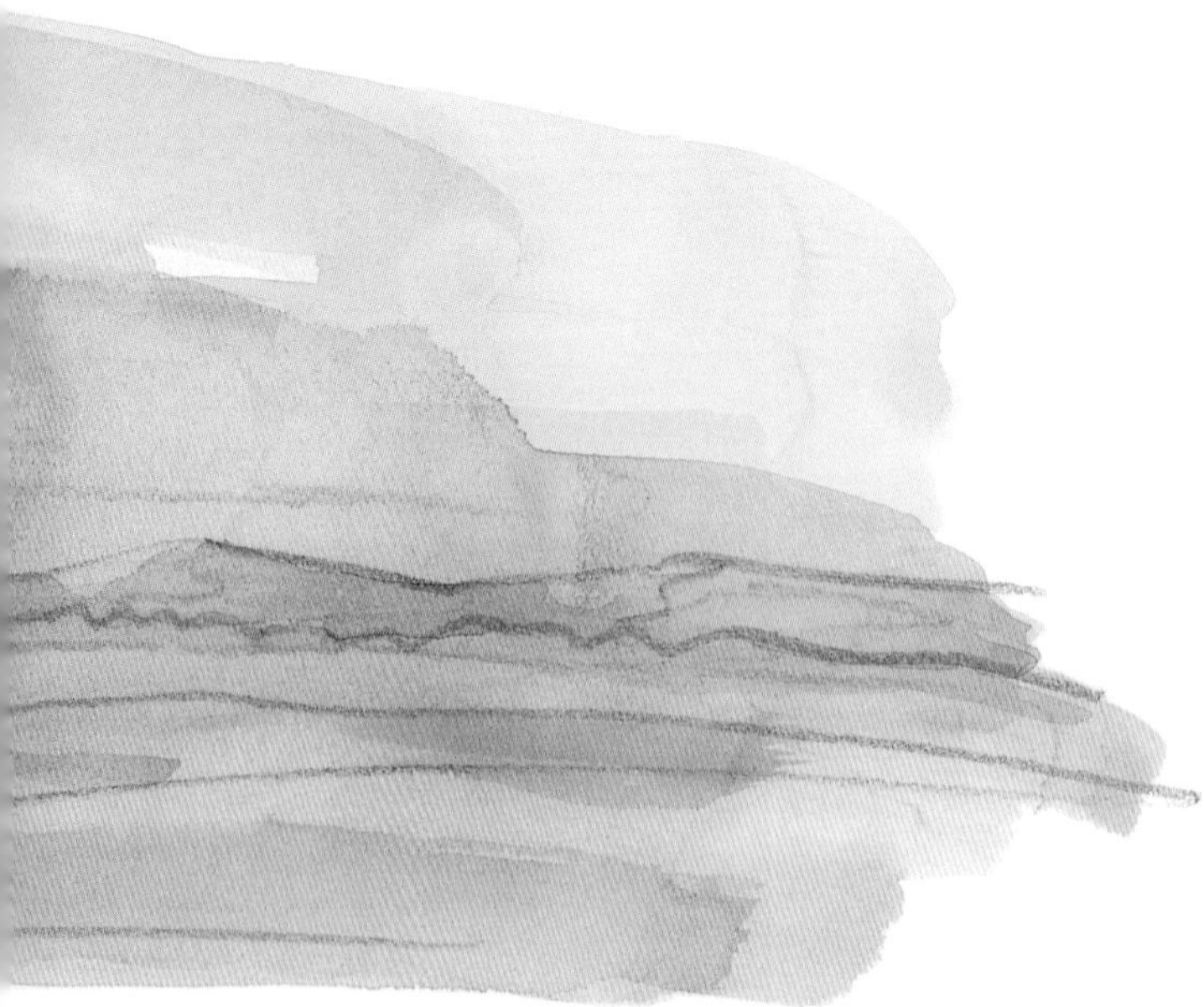

なかよくしよう悲しみよ
ぼくとおまえは古い仲間

どこへ行くのか悲しみは
暗い荒野を涙こぼして
昔なじみの悲しみよ
ぼくを今夜は泣かせてくれ

えらくなっちゃいけない

星のいのちにくらべれば
ぼくたちみんなちっぽけな
ほんのはかないいきものさ
お金もちでもえらくない
えらいひとでもえらくない
みんなだれでもえらくない
えらくなっちゃいけない
みっともない

ひとときだけのこのいのち
きずつきやすいこころなら
ふゆかいなことしたくない

ひげはやしてもえらくない
いばっているひとえらくない
みんなだれでもえらくない
えらくなっちゃいけない
みっともない

ちいさなちいさなゾウリムシ
めにもみえないプランクトン
それらもみんな仲間たち
名もないひとのその中で
名もないひとでくらしたい
みんなだれでもえらくない
えらくなっちゃいけない
みっともない

てのひらを太陽に

ぼくらは　みんな生きている
生きているから　歌うんだ
ぼくらは　みんな生きている
生きているから　かなしいんだ

てのひらを太陽に
すかしてみれば
まっかに流れる　ぼくの血しお
みみずだって　おけらだって
あめんぼうだって
みんなみんな　生きているんだ
ともだちなんだ

ぼくらは　みんな生きている
生きているから　笑うんだ
ぼくらは　みんな生きている
生きているから　うれしいんだ

てのひらを太陽に
すかしてみれば
まっかに流れる　ぼくの血しお
とんぼだって　かえるだって
みつばちだって
みんなみんな　生きているんだ
ともだちなんだ

老眼のおたまじゃくし

山のうえの古い池に
おじいさんのおたまじゃくしが
住んでいた
もうとてもとしをとっていて
ひどい老眼になっていた
なにもかもみんなぼやけて見えた
さざ波もすいれんも散る花も
なにもかも

山のうえの古い池の
おじいさんのおたまじゃくしの
ひとりごと

ずいぶんながく生きてきた
ひどい老眼になったけど
おでこにしわがよってきたけど
いつまでもかえるにはなれないで
このままさ

山のうえの古い池に
おじいさんのおたまじゃくしが
住んでいる
子どもの心そのままで
ひどい老眼なんだけど
かえるになれないおたまじゃくしは
ふなの子や水すましなにもかも
なかよしさ

あれはだれのうた

みつばちのはねの音で
ぼくはおもいだす
どこかできいた
なつかしい　ささやき
あれは
だれの歌だったんだろう

夕やけの色がにじむ
とおい山の雲

ふしぎなことに
昔みた　あの雲
それが
いまなぜみえるんだろう
なにもかもすぎたけれど
こころのなかには
いまもきこえる
風のような　あの歌
あれは
だれの歌だったんだろう

五月雨に濡れて艶めく杉木立

黄薔薇咲くただそれだけでうれしくて

チリンの鈴

チリンの鈴でおもいだす
やさしい
まつげを
ほほえみを
チリンの鈴でおもいだす
この世の
さびしさ
また
かなしみ

あるところにとても平和なちいさな牧場があった。そこに今年生まれたばかりの小羊が一頭いた。小羊は白くてかわいくて、毛糸の玉みたいで、お母さんにもお父さんにも目のなかにいれてもいたくないほどかわいがられていた。

牧場はしずかで、太陽の光はあたたかく、みんなのんびりとくらしていた。

小羊はもし谷底におちてもすぐわかるように金色の鈴を首につけていた。

鈴は風にゆれチリンチリンとなった。

小羊はチリンという名前がついた。

☆

羊たちの生活はなにごともなく、単調につづいていた。雲はねむそうにゆっくりと流れた。

牧場の北の方に岩だらけのおそろしい山があった。この山に全身まっくろで、傷だらけのウオーという狼がすんでいた。

ウオー
狼の遠ぼえは
風にのって
きこえる
それは
血を凍らせるように

　ものすごい

その声はチリンの牧場にもきこえた。

チリンはびっくりしてお父さんの羊にきいた。

「ねえ、お父さん、あれは何がほえているの？」

「あれはね、狼のウオーが、やわらかい羊の肉をたべたいといってないているんだ」

「ククククク」

「なぜ笑うんだチリン」

「だってさ、羊なんて毛がモシャモシャはえていてたべにくいよ、クローバーの葉のほうがおいしいのに」

「ところが狼は羊をたべるんだよ」

「ヘエ、ほんとかなあ」

チリンはどうしてもお父さんのいうことがわからなかった。

☆

ある夜のこと、ウオーは風のように山をおりてチリンの牧場にしのびよった。赤くただれた目のような気味のわるい三日月が空にかかっていた。

ものすごい血の惨劇がおきた。

番犬たちはたちまちのどをくいやぶられた。うろたえてさわぐ羊たちはまったく無造作に殺された。

ウオーは羊たちをみなごろしにしてしまった。

しかし
チリンは
生きていた

チリンは穴のなかにかくれていた。

そしてその穴の上にはお母さんが自分の身体でふたをしていた。

お母さんもお父さんも死んだ。

チリンが穴からでたとき惨劇は終わっていた。チリンの身体はお母さんの血で真紅にそまっていた。

チリンは泣きはしなかった。

チリンは血まみれのまま叫んだ。

「なぜ、どうして、ぼくたちは殺されるんだ、なんにもしなかったのに」

☆

おなかのいっぱいになったウオーは、谷間の秘密のかくれがの草むらのなかでひるねをしていた。

狼にとっては食事をするたびに生命をかけなければならないのは辛かった。

たまにしか満腹しなかった。

おなかがはるとすべて忘れた。

ぐったりと気もちよく眠った。

夢のなかで鈴の音がするような気がして、ウオーはぼんやりと眼をあけた、すると眼の前に、赤いちいさなものが動いている。

「なんだ、おまえは羊のこどもじゃないか」

「そうだよ、ぼくは小羊のチリンだ」

「いったい何をしにきたんだ」

「あなたが好きだからあとをつけてきたのです」

「アハハハハ」

チリンの言葉をきいて狼のウオーは大笑いした。

「おまえはバカだな、羊は狼にとってはニギリメシかサンドイッチみたいなものだ。おれがこの前足でかるくたたけば、おまえなんか一秒で天国ゆきだぞ」

「だから、ぼくはあなたの弟子になりたいんだ。ぼくも強い狼のようになりたい」

「なにい、おれの弟子だって？　とんでもないことをいうな」

とはいったものの、このとき狼の心にはくすぐったいうれしさのこもった微妙な感情のさざ波がおきた。

傷だらけの狼の心にあたたかいものが流れた。自分以外に誰も信じないで生きていたウオーはチリンをかわいいと思った。もともと単純な性質なのだ。

しかし狼のすんでいるのは暗いおそろしい山のなかのつめたい洞穴だ、緑色の美しい牧場ではない、花なんか咲いていない。

　人間の近づけないような、誰もこわくていけないところにいなくては狼は安心して眠れない。みつかりしだい殺されるのだ、狼は嫌われ者だ。

「チリン、おまえここからかえれ、おれといっしょにきてもろくなことはひとつもない」

「いやだ、ぼくはウオーといっしょにくらす。ぼくはウオーのように強くなりたい」

「おれは狼で、おまえは羊だ、羊が狼みたいに強くなれるわけがない」

「つれていってくれ、ウオー、ぼくはどんな辛いこともがまんする」

山の霧はどんどんふかくなり、その乳色に渦まくガスのなかを二匹の動物はどこまでものぼっていき、やがてすっかり姿がみえなくなった。

狼のような
強い動物になるために
チリンは毎日けいこした
岩からとびおりたり
相手の背後からおそったり
のどぶえにかみついたり
卑怯で
ずるくて

わるがしこくて
勝つためには手段をえらばず
なんでも相手を
たおせばよかった
それが狼の生きる手段
それが狼の哲学
チリンは身体じゅう傷だらけになった
何度も死にそこなった
ウオーは容赦しなかった
死のなかから生をみつけた
一年たつと
チリンは目つきがちがってきた
チリンの武器は
するどい角だった
三年目には
誰がみてもそれは羊じゃなかった
全身灰色で
やせていて

まるで角のある狼のような
すさまじい動物に変身していた

チリンは戦うことしかしらなかった、そして決してひと声も泣かなかった。黙ったままその槍のような角で、相手をぐさりとつきさした、たいていひとつきだった。

「チリン、おまえはもう弱い羊じゃない、そのものすごいツキは三度に一度おれでもかわせないことがある」

「ウオー、これもみんなあなたのおかげだ」

「おれのせいじゃない、おまえがえらかったんだ。おれは最初のうちおまえはきっと途中でにげだす、そのときはおまえを殺してやろうとおもっていた」

「ぼくは何度もにげだしたかった、しかしウオー、ぼくはあなたをみて気をとりなおしたんだ。きっとそのうちウオーのようなリッパな狼になってみせる、そう思ってがんばった」

「おれがリッパだって、おれは悪名の高い大悪党のウオーだぜ」

「ぼくはむしろ悪党になりたい、みじめでコソコソしている善良な奴より、血まみれの悪党のほうがリッパだ。真剣に生きている」

「おれは長いあいだひとりだった、もちろん死ぬまでひとりのつもりだった。しかしおまえという仲間ができてなんだか生きるはりあいができた」

「ぼくは仲間じゃない、ぼくはあなたの弟子です」

「いまは仲間さ、きってもきれない友だちさ、死ぬような危険な目にもあった、いつもおまえはおれをたすけてくれた。おれは今でも世界じゅう誰も信じてはいない、狼だって友だちじゃない。しかし、チリン、おまえだけは心の底から信じている」

「ぼくもです、ウオー、あなたを信じています」

「おれたちは仲間だ、友だちだ、これからもずーっといっしょだ。生まれたときも、おたがいの顔も種類もちがうが、死ぬときはいっしょとちかおう」

「ちかいます」

☆

こうしてチリンとウオーはこのあたりでは誰しらぬものはない凶暴な殺し屋になった。しかし襲撃するのはいつも自分より大きな動物か、でなければ野生の狼、コヨーテの集団だった。そんなとき、気がくるったように突進するチリンの姿はまるで悪魔のようにすさまじかった。

チリンの首には昔のように鈴がついていたが、その鈴の音をきいただけでどんな動物もふるえ、おそれおののいた。

☆

ある日ウオーはチリンにいった。

「チリンおまえはもう本当に羊じゃなくなってしまった。おまえは今なら昔の仲間の羊の牧場だって襲撃できるだろう」

チリンは答えた。

「もちろんできるさ、でもあんなブヨブヨの連中とはたたかう気にもなれないな」

「いや、おまえのたたかう相手は羊じゃない」

ウオーはニヤリと笑った。

「今度はひさしぶりに羊の牧場をおそう。しかしこの牧場には四頭のシェパード、六頭のコリー、三頭のセッター種の犬がいる、そしてライフルが三挺だ。もちろん失敗すれば生命はない、しかしおれはやってみたいんだ、どうだやるか」

「もちろんぼくはウオーのいうとおりにやる。生命は惜しくない」

「よし、おまえの敵は犬だ、おまえが犬をひきつけてたたかっているあいだにおれは牧場の中心まで一気に突進する」

「わかったよ、それでいったい、いつやるんだ」

「今夜だ、みろ、まっくろい雲があんなに速く走っている、風もでてきた」

「今夜はきっと嵐だ」

「そうだ、この嵐にまぎれて、おれたちは夜襲をかけるんだ。犬も、人間もこんな晩には家のなかでちぢこまっているさ、だから、羊はおれがのどぶえに牙をたてるまで気がつかず、そのまま天国ゆきというしあわせなことになる」

☆

その夜、嵐をついて、狼のウオーとチリンは出発した。空の底がぬけたようなものすごい土砂ぶりのなかを二匹の血にうえたけだものはひた走りに走った。

山の尾根を一気にかけおりて、めざす牧場を眼下にみおろす丘の上にたった。

「いいかチリン、あそこだ、あの右はしが犬ごやだ、あの犬たちを外へおびきだせ、犬の声を合図におれは羊をおそう」

「よし、わかった。じゃあウオー、あとで会おう」

しのつく雨のなかをチリンの姿は闇にきえていった。

激しい雨にうたれながら、ウオーは石でつくった狼のように丘の上にたちつくしていた。嵐はますますひどく、雨は横なぐりのふとい縞もようになった。

狼の眼はそのなかで火のように燃えていた。

☆

やがて牧場の方角から、けたたましい犬のほえる声がきこえた。

よし、今だ。ウオーはおもいきり後足で大地をけった、そしてみごとな跳躍をくりかえして、牧場へ突進していった。

雨は
しのつくように降っていた
大地は
声をあげていた
狼の

血まみれの夜食は
はじまろうとしていた
狼は
一度も
明るい灯の下で
ゆっくり食事をしたことはない
これが
狼の
楽しい夜食だ
死ぬか
生きるかだ

牧場は目前だった。雨にまじって羊の体臭がかすかににおってきた。

しかし、そのとき信じられないようなことがおこった。

牧場の近くの草むらのなかから、黒い影がおどりあがるとウオーにとびかかった。

ウオーの胸に何かがつきささった。

ウオーは必死になってその正体不明の敵をつきはなすと、もときた斜面をかけのぼった。

胸の傷あとから血が流れるのがわかった。

夢中でかけてやっとくぼ地にかくれたが、黒い影はしつように追いすがって、さらにひとつきした。

ギャオー
ウオーの悲鳴
激しい雨
落雷
青白い閃光が雲を走った
天地の崩れるような轟音
そのときウオーはみた
血にまみれた
殺人者の顔を

「おッ！　チリン！　きさま血迷ったな、おれだ、ウオーだぞ」

「ウオー、死ね」

「おれと知ってやったのか、おれをうらぎるのか」

「いうなウオー、ぼくはこの日のくるのをまっていたのだ」

「なんだとー」

「ぼくのお父さんも、お母さんもおまえにやられて死んでしまった、ぼくはぼくをかばって死んだお母さんの血を全身にあびて生きのこったんだ」

「チリン！　きさま……」

「おまえは、ぼくらのなかまの仇だ！」

「いっしょに死ぬとちかったのはウソか」

「ぼくは羊だ、ぼくには何の武器もない、おまえに負ける。ぼくはどうしても狼より強くなって仇をとってやろうと思ったのだ、今か今かとそのときがくるのを長いあいだまっていたのだ。死ね！　ウオー」

☆

チリンは最後のひとつきをウオーの心臓につきさした。ウオーはそのとき眼をあけた。

息もたえだえになりながらウオーはいった。

「チリン、いつか、おれはこんなふうにしてどこかで野たれ死にするとおもっていた。でもおれをやったのがおまえでよかった、おれはよろこんでいる」

そうして、この孤独な狼は息たえた。

☆

「死んでしまったのかウオー、ぼくは仇をとった、ながいあいだの苦労もこれでおしまいだ」

しかし、チリンの眼からは大粒の涙がこぼれていた。

「仇をとったのに、国じゅうで一番凶悪でおそれられていたウオーをぼくは倒したのに、ぼくの心はちっとも晴れない、いや、それどころか今はかなしみでいっぱいだ。

いつのまにか、ぼくはウオーを好きになっていたのだ、許してくれウオー、おまえが死んではじめてぼくはわかった。

ぼくは今ではおまえの生きかたも、おまえのひとりぼっちの心も、みんな好きになっていた。おまえはぼくのお父さんで、ぼくの先生だった。

なぜ、ぼくはおまえを殺したのだろう、ウオー、許してくれ」

ウオーの死体を埋めるとチリンは泣きながら、どこへともなく山をこえていった。

チリンの鈴はやがてきこえなくなった。

あたたかい太陽にぬれた森
そよぐ花
ねむそうな
蜜ばちのはねの音
やさしい風
遠くの山の残雪
春は
なんていいんだろう
でも
いつも

どこにでも死闘はある
小川の流れのなかにも
ツルバラの茂みにも
タンポポの葉の下にも
なにかが生きて
なにかが死んでいる

復讐の終わったチリンは、これからどうしようかと考えた。

「ぼくはもとの羊にかえろう。緑色の牧場にいって仲間とくらそう」

しかし、どの牧場へいってもチリンをいれてくれるところはなかった。

チリンを見ると、いっせいに犬はほえ、羊たちはにげていった。

「ぼくが君たちを救ったんだぞ、なぜぼくをこわがるんだ、ぼくはウオーをたおした、ぼくは自分の生命をかけて君たちをまもったんだ」

羊の群れのなかから年老いた羊がでてきてチリンにいった。

「かえりなさい、ここはおまえのような血のにおいのするヤクザもののくるところではない、私たちは平和にしずかにくらしたいのだ」

「くそ、なにが平和だ、なにがヤクザだ、自分でたたかうこともしないで、人間や犬にまもってもらっている卑怯者のくせに」

☆

チリンは小川のそばにきた、そして水にうつった自分の影をみて思わず叫んだ。

「あッ！　ウオー、おまえ生きていたのか」

でも、それはウオーではなかった、いつのまにかウオーそっくりになっていた自分の影だった。眼は火のように燃え、身体はやせこけて、灰色の毛はボロ屑のようにすりきれていた。

そこにいるのは狼でもなければ羊でもない、何か得体のしれないゾッとするような生き物だった。

チリンは自分が世界じゅうでたった一匹の本当のひとりぼっちになったことに気がついた、そして荒れ果てた岩山のほうへのぼっていった。

☆

嵐の激しい夜、泣きやまない小羊がいると、母親はいった。

「そんなに泣くとおそろしいチリンがきてひとつきに殺しますよ」

小羊は母親の胸に顔をうずめた。

「チリンはそんなにこわいの」

「そうよ、だから泣かずに眠りなさい」

嵐にまじってかすかに鈴の音がきこえた。

チリンの鈴！

チリンの鈴の音は時々きこえた。

しかし、チリンの姿をみたものは誰ひとりとしていなかった。

てのひらを太陽に

やなせたかし 作詞
いずみ たく 作曲

あとがき

井上富雄氏と巖谷さゆりさんはぼくが編集長をしていた月刊『詩とメルヘン』の初期編集スタッフである。だからこの本の作品は『詩とメルヘン』創刊間もない頃の感性にあふれている。

現代の風潮とはずいぶんちがうが、それが今ではかえって新鮮のようにもいくらかの気恥かしさをともないながらもぼくは思う。

やなせたかし

◎著者紹介

一九一九年二月六日高知県に生まれる。東京高等工芸学校図案科（現千葉大）を卒業。一九四七年三越宣伝部に入社。このときデザインした包装紙の英文字ロゴは現在も使用されている。一九五三年退社してフリーとなる。一九六七年週刊朝日の百万円懸賞漫画に「ボウ氏」が入選。一九七三年サンリオから雑誌『詩とメルヘン』を創刊し、三〇年間編集長を続ける。二〇〇〇年より日本漫画家協会の理事長をつとめる。漫画家、絵本作家、デザイナー、作詞家、作曲家、歌手などさまざまな分野で活躍。著書に『やさしいライオン』『アンパンマン』『人生なんて夢だけど』（フレーベル館）など多数。二〇一三年没。

《目次》

やなせたかし　詩とメルヘンの世界

あれはだれの歌
（新装版）

2005年12月５日　初版発行
2024年４月１日　新装版発行

著　者　やなせたかし
発行者　井上みほ子
発行所　株式会社 瑞雲舍
〒108-0074 東京都港区高輪2-17-12-302
Tel.03-5449-0653 Fax.03-5449-1301
www.zuiunsya.com
編　集　巖谷さゆり
印刷·製本　モリモト印刷株式会社

JASRAC 出 2400551-401

ISBN978-4-907613-49-5 C0093